입술을 줍다

금시아 시집

입술을 줍다

달아실 시선
29

달아실

빛나와 준용에게

일러두기

1. 본문에서 하단의 〉는 '단락 공백 기호'로 다음 쪽에서 한 연이 새로 시작
   한다는 표시이다.
2. 보조 용언과 합성 명사의 띄어쓰기 등 본문의 맞춤법은 시인의 의도에
   따른 것임.

시인의 말

물 위를 걷는다

오리무중에도 호수의 맥락들은
시야에 가득하고
방심 속에서도
하늘의 시늉 또한 충분하다

작전타임,

나는 차츰 익숙해지고
나는 겨우 자연스러워질 것이다

글썽이는 호수처럼,

2020년 여름
금시아

차례

입술을 줍다

1부

죽은 사람을 나누어 가졌다

한 사람을 묻고 우리는
여러 명의 동명을 나누어 가진다

누구나 빈손으로 왔다가 빈손으로 간다는데, 그러나

그러나 어떤 이는 벚꽃들이 동행하고, 누구는 첫눈 가마
를 타고 가고 흰나비 떼 날거나, 무지개다리를 놓거나, 동
백꽃들 뚝뚝 자절하거나, 은행잎들 노란 융단을 펼치거나

장대비 속에서 한 사람을 묻는다

장례를 마친 사람들,
장대비에게 악수를 건네고 죽은 사람의
입주를 부탁한다

죽은 사람은 저를 가져간 사람 속에서
모르는 사람인 듯 숨도 없고
무서움도 없이 거처하다 조용히 사라질 것이다
슬어놓은 망각 속에서 흙이 될 것이다
〉

장대비에 한 사람, 눅눅해진다

문득, 마음을 뒤집어보면 계절 지난 호주머니에 잘 접
혀 있는 지폐처럼 뜻밖에 펼쳐지는 사람,

꽃 한 송이 놓인 무덤들
빵 굽는 냄새처럼 산 사람들 속에 여럿 있다

활공장滑空場

바람의 깃털을 훔쳐와
날개를 전사傳寫해서 새를 만들어내는 공장이 있다

나비 한 마리 제 등을 찢고 날아가듯, 발의 동력으로 낭
떠러지를 내달리면 등을 활짝 펼치며 활공하는

한 마리의 새,

날개는 공중에 있는 것이 아니라 바람의 틈, 선두와 후
미 그 사이를 신세 지는 일이어서 등 떠미는 경사를 내달
려 바람 속으로 뛰어들면, 날개란 아찔한 벼랑이 내어주
는 난간이란 걸 알게 된다

새는 글썽이는 속도로 날 수 있어
두 발을 구름 속에 숨겨놓는다

간혹 지상의 어떤 날개는 불량하게 태어나기도 하는데

내 몸에는 대체도 교환도 가능한 몇 벌의 불량 날개가

있어 지상을 버리고 박차고 오르면 불량은 덜 자란 아기
별 하나를 떨어뜨리고 작은 어른별을 하나 건져 올리기도
한다

　행글라이더 하나,
　태양의 이마에 막 입을 맞춘다

5월의 전략

쏴쏴 밀물처럼
칠 벗겨지고 녹슨 철 대문을 온몸으로 밀고

하얀 찔레꽃 들어온다

은둔자들의 기도 진달래 군락을 이루던 한때도
골목마다 피어나던 고래고래 취중 고성방가도
개처럼 영역을 표시하던 어린 치기도
전봇대 같은 호방도 위세도 모래시계처럼 빠져나가

저런 귀한 손님이 없다

느슨해진 성지城地*의 신앙
중세의 가을*처럼 기울어진 정오의 종탑 그림자
오래된 것들 위에서는 한낮도 낡아
조심스레 깨진 그림자를 거두는데

빼꼼히 열린 빈집 대문 앞에서
찔레꽃 하얗게 밀물 들어 이야기꽃을 피우는가

왈가왈부 시시비비 중인 흰나비 떼

사람이 썰물인 마을의 체온 하마 낮달인데

누가 초대했을까
누가 입주하는가

저 눈부신 5월의 전략, 저 고독한 군중들

* 용성성당 구룡공소.
* 요한 하위징아의 역사책.

나자스말

어항에 말沫을 하나 심었습니다
드문드문한 말이 금세 큰 말이 됩니다
어항 속이나 물속의 물풀 끝에 붙는 말
물의 혀, 말沫은 물을 투석합니다

색색의 이파리들이 모두 채근할 때 게으름은
계절의 특별한 외도입니다
소식은 멀리 돌아서라도 와야겠지요
밀려온 파도는 짧은 순간 흰 꽃을 피우고 돌아가지만
그 겹겹마다 피는 꽃의 말이 있습니다
꽃말의 순간은 긴 꼬리를 달고 있어
그 전후의 반복을 셀 수가 없습니다
흰 꽃의 달음질로 피는 초록의 물거품들

물에서는 물거품이 자랍니다
아이들이 돌아간 자리
말의 겨드랑이에서 피어난 꽃잎들 무성합니다
아이들은 초록으로 돌아갔을까요
우리의 말은 어느새 아이들의 색깔로 포말 중입니다

말들은 세상을 투석합니다

바쁘다는 건 어디서나 통하는 변명,
그렇다면 햇빛과 바람, 밤과 낮의 소식들
모두 다 채근이겠지요
채근 속에 나자스말 무성합니다

채근하지 않는 말은 죽은 말입니다

끝말잇기

풍물장에서부터 걸어온 검은 봉지들 몇몇,
버스 정류장에 나란히 앉아 끝말을 주고받는다

온의동 버스 정류장에 할머니 두 분 오래 앉아 있다 소
소한 말들이 서로 다른 곳을 바라보며 건너가고 건너온
다 이미 볕을 닫아걸어 물기 없는 꽃들, 너무 먼 곳도 가
까운 곳도 소소한 가을색이다 이만큼 산다는 것도 기막
히다는 말끝에 먼저 간 옥동댁 샘밭댁 젊은 순이 어미 등
등, 차례로 죽은 이름들이 등장하고 퇴장한다 그동안 버
스도 살고 죽은 이들을 몇 번이나 태우고 갔다 와 끝말을
잇는다 늦가을 햇살 아래서는 죽은 사람과 산 사람이 서
로 말 섞으며 한 버스를 기다리는 일쯤은 흔하다 첫서리
에 노랗고 푸른 은행잎들 우수수 나뒹굴거나 말거나 이내
기억할 수 없는 일들 점점 멀어져 어제처럼 진지한 댕기
머리랑 초야의 밤, 고구마 줄기처럼 줄줄이 달려 나온다
사소한 말끝에는 뒤끝이 없어 끝말의 초점 하나로 집약되
는데

풍물장날 버스 정류장에서

간혹, 시공이 사라지는 이유다

혹등고래

움직이는 대륙이다
라고 쓴다

대륙의 바닷길 순례,
검은 대륙의 본능은 순종하기 위해 맹렬하다
칠흑같이 어두운 한밤
가장 따뜻하고 폭신한 바닷물을 골라
검은 대륙은 작은 섬을 하나씩 낳는데

혹등고래가 난산 끝에 사산한 아기 섬들은
무인도가 된다
무인도 하나, 둘, 셋,
명확하지 않은 섬들은 둥둥 떠돌다가
새끼 고양이처럼 울곤 하는데
폭풍우 속에서도 혹등고래 어미들의 빈 젖은 돌아
길 잃은 새나, 별똥별이나
혼자 남은 아기 거북이는
그때, 허겁지겁 동냥젖을 먹는다
〉

바위섬에 앉아
물 끝을 오래 보고 있으면
아무도 모르게 섬이
조금씩 이동하는 걸 알 수 있는데
그건 어미의 젖을 찾아 섬이 울고 있을 때이다
대륙 끝에 앉아
출렁이는 혹등고래의 기억 판막에
손끝을 접지한 채,

흔들리는 섬들은
아직도 저 물밑 대륙에 입을 대고
어미의 빈 젖을 빨고 있는 중이다
라고 쓴다

내외內外라는 것,

구불구불 전나무 길은 깊어질수록 외지外地,

선재길에서 손을 드는 여승들을 만났다
열흘에 한 번씩 있는 삭발목욕을 다녀온다는데
갓 삭발한 공양은 푸르고 눈부셔
숲의 적요,
파리한 두상에 미끄러진다

무성생식無性生殖도 없는 자웅동체에도
내외간이 있다면
문득 여승들의 단호한 법복 안쪽이
외간일 것 같다는 생각,

본성本姓은 밖이라 외간과 내간 그 어느 쪽에도 버리지
못할 속세의 날짜는 꼬박꼬박 찾아와 안팎으로 집요하게
자라고

모두가 민머리 제자들,

제자들은 삭발목욕 가려면 절간의 뜰과 텃밭을 먼저 삭발하고 정돈한다는데 그러나 따로 또 같은 법복의 내외간은 날짜도 불편해서 목욕삭발의 날짜조차 비구니승과 비구승처럼 엇갈린다

　세속의 날짜를 지운 스님들,

　적멸보궁 오르는 계단마다
　애써 피하는 날짜는 금세 또 거뭇하게 자라
　선재길에서는,
　가끔 마주치는 새소리 규율처럼
　아무렇지도 않게 던지는
　성별 없는 법복의 안부가 있다

　"스님, 언제 삭발목욕 가시나요?"

오리 파업

꽁꽁 저를 결박한 채
파업 중인 오리, 오리들

가마우지처럼
백로처럼
재재거리는 저 참새처럼
날아서는 한 번도
공지천을 떠나보지 못한 오리들
봄을 기다린다
물이 들떠 물비늘 일제히 파닥거릴 때까지
꽃가루 소란스러울 때까지
떼 지어 팔짱 낀 채 꼼짝하지 않는
바람의 뼈들, 삐걱거린다

한때의 두근거림 책임지느라
군데군데 깨지고 칠이 벗겨진 행색이
언젠가 부지런히 밟았던 페달이 오리보다 느려
한 여름의 기우뚱한 조우로 끝나버린
아직도 알싸한 어린 연애 같은

꽝꽝 언 족쇄를 차고
생채기 덧난 연애처럼
적막한 공지천의 툰드라를 견디는

평사낙안平沙落雁 오리 떼,

관흉국 사람들

혈연은 어쩌다 단단한 잠에 꿰였을까
가슴을 꿰고 사는 종족들의 시간은 너무 빠르거나 너무
느리다

앞뒤로 꿰뚫려 훤한 가슴은 슬픔도 기쁨도 너나없는 일
생처럼 드러나 늙고 지치면 긴 막대에 뺑 뚫린 가슴을 줄
줄이 꿰어 메고 가는 젊은이들의 존경이 있다는데*

누가 아이의 시간을 훔쳐 갔을까

한마음 한뜻이라고 하지만,
우리는 서로 제 요령들을 꿰어 줄다리기하는 사이는 아
닐까

누에고치 잠을 자는 아이야, 단단한 잠 속으로는 긴 막
대기를 꿸 수가 없잖니, 그러면 존경을 받을 수가 없어요

낮달은 딱따구리처럼 종일 아이의 통나무 잠을 뚫는다
〉

누구하고도 흥정되지 않고 어디로도 통과할 수 없어 내 마음, 네 마음 다 안다는 듯 내 마음, 네 마음 빤히 보인다는 듯 마른 비늘을 핥는 풍습처럼 슬픔이 불면 중인

질감이 사물인 시간은 너무 빠르거나 너무 느리다

* 중국 『산해경』에 나오는 관흉국(貫胸國) 사람들.

리좀 찾기

어둠의 독백 앞에서
생각은 온몸의 촉을 밝히고 있다

어둠을 체험한다
아득한 망망茫茫의 순간,
나는 나를 찾아 더듬거린다
각진 어둠 속에서 모든 각이 사라진
나의 단면을 더듬거린다
자주 헛디뎌 넘어진다

아무것도 없을 때,
아무것도 아닐 때,
나는 나를 더듬거리는 습관을 배운다

내 어깨에서
유리 조각 같은 깃털이 죽순처럼 자란다
독사 한 마리, 생각의 목덜미를
덥석 물고 달아난다
내 접은 긴 대나무 초에 불을 붙이고

풀 냄새 맡은 망아지처럼 한없이
오감 안쪽을 쿵쿵거린다

암흑은 막막寞寞한 존재들이 돌아선 색깔
뒷모습을 보인 깜깜한 것들의 뒤태

더듬거리는 습관에 중독되면
혹, 나는 밤하늘의 별처럼 반짝거릴까
배경의 진폭조차 없는 어둠 속에서
사람의 사지란 없다

어둠의 입술, 끝없이
빛의 만담漫談을 노래할 뿐

나비물

나비가 나비를 낳는 이야기
여름 흙 마당에는 물나비의 출생 기록이 있다
바가지에서 마당까지
나풀거리는
아주 짧은 순간의 수명이 있다

바가지의 샘물을 꿀꺽꿀꺽 삼키면 물은 목구멍을 타고
내려가 콩닥콩닥 나비심장이 되었지 남은 물을 투망처럼
얇게 펴서 공중에 뿌리면 맨발의 흙 마당은 눈부신 여름
궁전이 되고 허공은 몇 번이고 새하얀 면사포를 쓴 나비
처럼 혼례를 치렀지

나비물*은 수컷 공작새의 아양 떠는 꼬리 춤 같다가 비
온 뒤 꿈꾸는 무지개 같아서 자꾸자꾸 물을 마시고 물을
뿌리며 깔깔거리던 여름

물을 뿌린다
부챗살처럼 물이 날아가면
돌연변이 탈피하듯

젖은 흙먼지 속에 둥그렇게 말려 있던
나비 알들

아버지는 싸리비로 나비 알들을 쓸어 모았지 내가 마당
에서 흠뻑 젖은 나비를 쫓는 동안 어머니가 입으로 훅훅
나비 떼를 분사하면 그때에는 주름투성이 모시도 삼베도
고분고분 사탕을 물고 있는 동생처럼 반듯해졌지

어릴 적 여름날의 우화는
한여름 정오의 노루 꼬리 그림자처럼 짧아
몇 번씩 탈피하는 나비심장

나비 표본에도 없는 나비들,
다 어디로 갔을까

* 나비물: 옆으로 쫙 퍼지게 끼얹는 물.

별이 빛나는 밤에

호숫가에 앉아 돌을 던진다
물의 엘피판에서 빙빙 도는 짧은 트랙의 제목
하나 둘 세기도 전에 빠져나와
퐁당, 노래는 지워진다

돌을 던질 때마다 물은 스펀지처럼 노래를 흡수하고 풍경들은 일그러지는데 가만히 들여다보면 호수는 트랙 어디에서고 무슨 노래든 뱉어내고 있다

사과를 반으로 자르면 상처 난 노래는 오래전의 딱지처럼 앉아 있고 대파를 토막 내면 훌쩍이는 노래, 파꽃을 피우지만 양파를 잘게 다지는 날에는 오래된 음악다방 빅토리아에 앉아 우리들의 밤하늘을 닦아주던 슬픈 노랫말들 우르르 구석진 자리를 털고 나온다

모터보트 쏜살같이 달아난다 점점 눈자위 붉어지는 호숫가에 앉아 어깨를 맞대고 스타리 스타리 나잇을 흥얼거리던 한 사람의 트랙, 찰랑찰랑 발밑에서 오랫동안 출렁이는데
〉

텅 빈 호수에 액자도 없이 걸려 있는 한 사람,

돌을 던질 때마다
들쭉날쭉한 호수의 귓바퀴에서
스크래치난 시간들 종일 헛돌고 있다

외눈박이 나비

외눈을 부릅뜨고 입술을 쫓는다
입술에 집중하면 나비가 된다

한때 부릅뜬 눈은 참 다정했다
먼 곳을 쫓아가는 미간의 거리
가까워서 눈부신 사유의 거리
속눈썹 닿을 듯 말 듯 수줍은 거리
웃음소리 끄덕이는 민망한 거리지만
소리치고 화를 내도 상상일 뿐

반쯤 닫힌 동공을 찡그리면 아득히
고백하듯 주름져오는 나비의 반경이 있다

외눈의 깜박거림과 입술 자판 사이,

상상은 알을 낳고 방류되고 회귀하고
기억은 생성되고 소멸되고 배회하고
살아보자고 살아보고 싶다고
외눈의 규칙 점점 밀집해진다
〉

여유와 여백이 충분할수록 거짓말에 위배되는
투명한 웃음과 눈물이 고요히 배경이 되는

외눈박이 제왕나비*의 아름다운 도망,

조롱과 숭배의 날개를 달고
바다의 고음과 저음, 그리고
하늘의 독백을 낳는다

* 엘르 프랑스의 편집장 장 도미니크 보비는 1995년 12월 갑자기 쓰러져 20일
만에 혼수상태에서 깨어났지만, 의식만 깨어 있을 뿐 인체의 대부분의 기능이 자물
쇠를 채운 듯 정지했다. 다행히 소리를 들을 수 있고 왼쪽 눈만을 움직일 수 있었
던 그는 눈의 깜빡임으로 자서전 『잠수종과 나비』를 썼는데, 완성하기까지 1년 3
개월의 시간과 20만 번 이상의 눈 깜빡임이 필요했다. 1997년 3월 6일 책이 출판
되었고, 3일 후 그는 심장마비로 숨을 거두었다.

하추리를 베고 누워

일상이 문득 낯설어지면,

우리는 주술에라도 걸린 듯
산그늘의 짐작을 깜박할 때가 있다

그럴 때면,

해거름 강물이 은갈치 떼처럼 반짝이는,
강줄기가 첩첩 삶의 미로 끝 화살표 같은,

하추리를 베고 누워,

개암나무 열매처럼 툭 떨어지는
맛난 별똥별 하나 먹어볼 일이다
밤새 토닥이며 불러주는
숲의 자장가를 들어볼 일이다

삶의 설왕설래는
다 애기 도깨비들의 장난이다

* 강원도 인제읍 하추리

2부

돌 속의 새

돌을 주웠다
새의 한쪽 발이 빠져 있는,

새의 한쪽 발을 얻었으니
돌은 두근거렸을 것이다
심장은 파드득
날아갈 꿈을 꾸었을 것이다
분명 돌이 물렁물렁하던 시절이었을 테지
발을 하나 놓고 간 새는 절뚝거리며
어디쯤 날고 있겠다

새의 한쪽 발은
무심코 길에서 차버렸던
풀숲에서 뱀을 향해 던져버렸던
아니면, 하릴없이 물속에 던져 잃어버린
나의 한쪽 신발이 아닐까
두근두근 꾸었던 나의 꿈
그 꿈 어디쯤에서 한쪽 날개를 잃어버리고
나는 절름발이 새일까
〉

새도 죽을 때는 돌처럼 부서지겠지
돌이 쩍 하고 갈라진다면
저 발은 날개를 달고 비상하겠지
돌을 닦는다
돌 틈 어디에서 외발을 씻거나
공중을 절뚝거릴 새의 발을 닦는다

돌 속의 새 발자국,
생략된 비밀들이 참 뾰죽뾰죽하다

대중

할아버지의 하루는
저수지와 고래실을 짚어보시는 일로 시작되었다

눈대중과 손대중으로 아스라이 하루를 재보며 꼬박꼬
박 삼시 세끼를 지켜온 것은 다 할아버지의 대중법 때문
이었다

어느 맘 때였는지,

새벽 저수지의 물을 대중해보고 할아버지는 그 저수지
에 뛰어든 익사자를 알아맞히기도 했는데

물의 것이 아닌 물체를 알아맞히는 대중법,
그렇다면 익사의 수위란
사람을 이해하는 대중과 동량이 아닐까

혹자는 능통한 대중의 초과를 경고했지만 할아버지 손
등에서 찰박거리는 시간의 흘수선은 부실한 치아와 까칠
한 입맛으로도 호락호락 가늠되지 않았던 것 같다
〉

최첨단 IT산업이 들어오고 구름 도시가 생겼다
수몰된 저수지와 고래실의 흘수선은 표류되었다

흩어지는 물방울도 이문이라고 그들은 우겼지만, 눈과
손으로 수치를 대중하던 할아버지는 사이버를 사이비라
했다

그리고, 대중은 돌아가셨다

봄의 착시

죽음에도 계절이 있다면
묘지의 이장移葬은 봄이다

명절을 앞두고 파릇한 면도날이
아버지 귀밑을 돌아나가던 그때 그 풍경처럼
무덤들도 때가 되면 벌초를 하곤 하는데
이장하는 묘지 옆에
묵은 무덤 하나,

무덤들도 대가 끊기거나
멸족할 때가 있다
그때 무덤들
스스로 산발이 되고
이름 없는 들꽃 조화를 꽂아
우거진 누추를 견딘다

무덤이 묵었다는 것은
산 사람의 기력이 쇠잔해졌다는 뜻일 테지
죽어서의 몰락처럼

살아 있는 후손도 없는 저 무덤
어느새 양자라도 들인 걸까
무릎에 앉힌 듯
보라색 제비꽃 슬하를 이루고 있다

눈부셔 눈먼 봄의 착시
제비꽃 무덤 하나,

부절符節

1

두 마을 경계에 무당집이 있었다. 남자 같은 무당을 장타랑이라 불렀는데, 사립문을 들어서면 마른 대나무가 먼저 바스스 몸을 떨며 아는 척을 했다. 예쁜 신딸은 대나무와의 사이에서 얻은 친딸이라는 소문이 자자했는데, 그래서인지 한 번도 엄마라고 부르는 걸 들어본 적이 없다 했다. 목소리조차 가진 적이 없는 아이일지도 모른다 했다. 신딸이 대나무 밑을 지날 때면 대나무가 자꾸 바스락거렸는데, 그래서인지 그녀에게는 바람이 가득하다고 수근대는 이야기가 무성했다.

이상하게도, 남자아이들은 무당집을 돌아 먼 곳으로 돌아다니다가도 예쁜 신딸이 들락거릴 무렵이면 주술에 홀린 듯 그 대문 앞을 얼쩡거렸는데, 그런 날이면 동네 여자들의 고함이 여기저기에서 터지곤 했다. 장타랑이 죽었다. 신딸이 사라졌다. 신딸이 사라진 날, 사람들은 무당이 죽던 날보다 더 섧게 몸을 떨던 대나무를 보았다고 했다. 장타랑은 엄마라는 소리를 들었을까. 엄마로 죽었을까. 엄마라는 이름을 내려놓았을까. 무당이 죽은 이후로는 어떤 수근거림에도 대문이 열린 적이 없다. 신딸은 올까. 마른 대나무만이 긴 목을 내밀고 담장 밖을 기웃거릴 뿐이다.

48

2

자식이 있었던 흔적이 마음에 있었다면 엄마가 있었던 흔적은 어디에 있을까. 이름만 남은 엄마의 체온은 바람이 아닐까.

기이하게도,

부절符節을 지참하고 다닐 때도 안절按節은 어디에서 또 다른 부절을 찾는다. 모든 마지막은 직전들과 짝이어서 죽음은 생과 맞붙어 있고 앞 없는 뒤는 없어 짝 없는 마지막이란 죽음이 아니라 고백이다.

묘하게도,

마른 대나무처럼 바스락거리는 기억의 존재는 무섭지 않고 신딸의 운명은 시시해도 좋다.

작전타임

어금니가 뭉텅 빠졌다
근질근질한 잇몸에서 구더기 몇 마리 나왔다
처음엔 몇 마리, 다음엔 우루루
꾸역꾸역 몇 번을 뱉어냈다
꿈이었다
징그러운 꿈인데도
체증이 가라앉은 것처럼 개운했다
길을 잃고 들어선 간이역에서
모래폭풍을 맞고 있을 때였다
세상은 저 혼자 살기 바빠 멀어져가고 있었다
깨어나서도 자꾸 잇몸을 더듬어보았다

그 사람이 지상의 푸른 날개를
가만히 접던 전날, 꾼 꿈이었다

체념도 과분한 밤이 지나고 있었다
회오리 지난 후의 정적처럼
사막의 신기루처럼
저 끝에서 내리막이 보이는 듯했다

내 고비사막은 그렇게 끝나가고 있었을까
사람들은 그가 내 몫의 무거운 짐까지
짊어지고 간 꿈이라고 해몽해주었다
내 짐이 너무 버거워
그는 아직도 고비사막을 걷고 있는 건 아닐까

깨고 나니 또 꿈이다 아니,
아직도 꿈속인가

일병 애인처럼 춥다

늦은 밤 호수의 기슭은 고립된다

건너오는 불빛,
위태로운 나의 어둠 속으로 나의 기슭으로
일렁이며 건너오는 불빛이 있다

더는 내디딜 수 없는
물의 끝에 서서 건너다보면
호수는 마중 따위는 잊기로 했는지
기슭에서 기슭까지 와 닿는 불빛이 없다

물은 늙기 전에 식어
저 앞에서 직선을 잃어버린 불빛들,
빛의 기둥은
물살을 잡고 제자리만 헤엄치는 중이라
나는 기다리지 않기로 한다

기슭에 세상을 세워두고
묘지처럼 고립되는 호수
〉

집착과 애착은 귓전을 맴돌다
하나둘 숨소리도 없이 표정을 잃어가고
잎사귀들 수없이 연습하는 중에도
저기까지만 건너오는 불빛,

투두둑 낙담하는 빗방울의 방식을 몰라
나는 나를 기다리지 않는다
일병—兵 애인처럼 춥다

배웅 일기

아주 먼저 가거나
조금 먼저 가거나

무슨 비밀스럽고 커다란 책 속의 이치를 필사하듯 배웅 일기를 쓰는 계절,

온몸의 기억들이 새하얀 엄마는 이렇게나 멀리까지 소풍을 따라 나왔다가 미처 돌아가지 못한 백년요정일지도 모른다

세상은 늘 배웅 중이고
온갖 사물들은 문턱에서 서성이는데

멀리서 보면 버드나무는 서서 봄볕을 빨아들이고 지붕들은 아무도 모르게 들떠 있다

오늘도 식탁의 엄마는
낯익은 식성들을 꼼꼼히 골라낸다
〉

한 곳을 오래오래 바라보면 배웅이란 인생을 안다던 사람이 먼저 건넌 우주의 미세한 금기와 위반들이 마지막 시험대의 관문처럼 언뜻언뜻 다가왔다 사라지는 것은 아닐까

어디까지 따라갔다 되돌아와야 하나

배웅을 많이 한 계절에는 미처 돌아보지 못한 마음이 많다

엄마와 나는 그런 생각으로
거리를 좁히거나 늘린다

물랑루
- 얼음낚시

주둥이를 낚으러 가서는
꼬리를 낚아요

물낯이 두꺼워지면 두꺼운 사람들이 몰려요 미끄럽고
꽁꽁 언 무대가 솟아올라요 군무를 추는 빙어들 눈멀고
귀 밝아져 춤추는 손을 자꾸 물어요 손맛은 점점 무감각
해지는데요 꽁꽁 얼어붙은 바람의 지느러미는 더욱 날렵
해지고 물의 깊이는 한층 엎드린 자세가 돼요

물은 원래 무거운 축이고 유유와 바글바글함이 서로 물
랑루를 떠받치고 있다면 물기둥은 빛의 신전의 주랑이에요

사람과 사람 간격에서 팔딱거리는 살점들 깔깔깔 씹혀요

밤이면 물고기들은 공중을 날아요 유리방 공주처럼 꼬
리를 치는데요 참을 수 없는 홀치기의 매혹은 치명적이에
요 꼬리치고 싶은 날이면 대나무밭에 귀를 묻어두세요 마
술쇼의 비상구는 단 하나이니까요
　〉

꼬리 맛은 극비입니다

여름 고집

고집은 땡볕 속에서 무게를 키운다
무성한 가닥들은 우여곡절로 덮여 있고
한 이불 속에서도
발끝 돋우며 서로 주장을 내세운다

세상을 선점하려는 갈등이
혼선이라면
저 보라색 등꽃은
우거진 시간의 쉼표일지도 몰라
주렁주렁 포도송이 같은 등꽃들 앞에서는
아찔한 꽃향기에
잠시 눈멀어
왼쪽, 오른쪽을 고집하지 말자

얽히고설킨 나의 일상이
갈등으로 기울어진 불구의 수족 같아
여름은 속절없이 어깨를 늘어뜨린 내게
푸른 지붕을 얹어주는 것인데,
〉

아량의 뒷맛처럼
무더위에 더욱 쌉싸름해지고 달짝지근해지는
고집은 우거진 갈등을 낳고
갈등의 소요는
짙푸른 고집 증후군이다

칡뿌리를 캐보면
여름의 고집을 측량할 수 있다

춤

커튼이 열리면 도마가 보여요

모든 철학과 철학이 플레이 되고 리플레이 되는 눈꺼풀 밖의 무대에서 나는 춤을 춰요

나만의 뮤직박스, 도마와 발바닥이 만나면 날뛰는 칼날처럼 날고 뛰어올라요 나의 오감, 온 날개를 파닥여요

바닥이 있어 춤은, 제각각 독립적이에요 추상적이에요 마음대로예요 손목의 지휘 아래 춤은 헝클어진 빗줄기, 성긴 머리카락, 손목의 탭댄스지요 도마는 좁지만 그래서 완벽한 무대예요

흔적이 흔적을 지우면서 잘라지고 다져지고 뽀글뽀글 꼬르륵꼬르륵 오직 나만의 무감각이 짜깁기되는 시간, 서로 다른 질료들의 리듬은 왜 익숙할까요

잠결에 들어도 끄덕이는, 혹은 배고픈 공복에 더 꿈결 같은 춤의 서약은 커튼이 내려오고 나면 더욱 철학적인데요
〉

하지만 정작 무대의 피날레는, 내 춤의 피날레는 꼭꼭 씹는 맛 아니겠어요?

물의 복화술

실개천에서
앞 단추 하나를 풀고 세수를 한다
가슴을 살짝 열고
차갑게 흘러내리는 몇 방울의 복화술

한 사람을 잃고
그 숨결 묻은 손으로 닦아내던 눈물
마치 꽃잎을 쓰다듬는
파리한 나비의 손길 같은

나무의 겨드랑이를 파고드는 바람의 의도는 나무만이
알지 바람의 체온에 나무는 천천히 뜨거워지지 충동처럼
붉게 물드는 나무의 머리카락 한 줌은 이 세상에 없는 바
람의 밀지密紙. 나무의 착각을 타전하는 모스부호처럼 구
름은 달려가고 누구의 기척인가 소견을 물으려니 벌써 알
고 젖어 있는 민소매

위반이 필요해
호랑나비 한 마리 산작약꽃의 하얀 가슴을

휘청, 훔쳐 달아난다
물의 알리바이 침묵하는 숲의 입술들
바람의 기척이 발설하는 무수한 소문들

실개천 하도 맑아
숲의 적요를 깨우는 감정 눈부실 뿐
나비가 날아가고
금기가 흩어지고

문고리 가만히 풀어놓고 싶은,

춘화시대

누가 발설했을까
냄새나던 대여섯 칸 속의 화첩들
공용 터미널 화장실에는
조급하게 조작된 조악한 문양들
그것은 스크래치 난 고대 동굴 벽화 같은
아득한 미지였지

호기심은 지겹지도 않은지,
코를 틀어막고 앉아 감정하고 있으면
똑, 똑, 툭, 툭,
문밖은 번잡하고 예의조차 없었지
행여 화첩들 문을 열고 나가 비밀이 샐까
초조하게 막차를 기다리며
칸칸의 춘화들을 명작처럼 섭렵했던가

그때의 작고 은밀했던 조롱과 야유와 시샘들
지금도 날아가지 못한 채
심해 상어 지느러미처럼 퇴화되어 있어
솔직히 그 후, 그 어떤 음란도

냄새나던 그 칸칸의 수위를 넘지 못했다며
어린 동창 녀석들
낄낄대며 춘화시대를 배회하지

가을

툭툭툭, 탁탁탁탁, 도르르탁 도르르탁,

가을걷이에 쿵덕거리는 실레마을 심장 소리다
해거름에 매를 맞는 바싹 마른 들깨
그 깨알들이 태어나는 울음소리다
여기저기 아낙네들의 쉴 새 없는 몽둥이질
온 동네가 들썩거리고
땅을 쿵쿵 울리며 누군가를 불러내고 있다
시커멓게 멍들은 들깨 향
유정의 혼을 부르며 그들을 깨운다
춘호 처를, 아내를 팔아먹은 복만이를, 저의 솥을 훔쳐
간 근식이를,
응칠이와 응오를, 그리고 점순이와 '나'를
그들이 어스름에 스멀스멀 깨어나기 시작하자
폐비닐 거두는 농부의 손끝이
괜스레 후들거린다
벌레들이 넘나드는 뽕잎 구멍 사이로
저녁 햇살이 잠시 수작질하는 사이
농부의 눈 맞춤 먹고 통통히 살 오른 배추

그 곁에 잔뜩 움츠린 조막만 한 애호박
벌거벗고 덤불 사이에 누운 앙상한 폐건물까지
늦가을 이 저녁 실레마을
밀레의 화풍으로 채색되고 있다
저녁 해를 삼켜버린 농부와 아낙의 웃음소리에
유정과 그 군단들, 일제히 눈을 뜬다
뚜벅뚜벅 이야기 길 따라
코다리 주막으로 가는 군상들
막걸리 잔을 앞에 놓고 나는 그를 유혹한다
휘청거리던 그 영혼 가만히 나의 팔짱을 끼고
금병산 보름달
빙그레, 주막 창문으로 들어서고 있다

소금에 관한 사견

소금 꽃의 각주는 바다의 각질,

하늘과 하늘 틈 사이에 긴 하늘 나무의 구름과 빗줄기
에선 계절도 없이 꽃이 피는데, 햇살은 모든 꽃들의 씨앗
봉투. 하늘과 땅을 배접해 바다를 가두면

꽃 피는 일은 목적이 되지

바다의 몸 모서리에선 바늘처럼 날카로운 각이 돋아 두
껍게 펼쳐놓은 바다의 평전 짜디짤 수밖에

육각의 물방울 꽃은 바다의 각소들, 바다의 등딱지에
핀 꽃을 꺾어 식탁에 꽂을 때면 나는 싱거운 수저를 가지
런히 놓지

바람이 떨어뜨리고 간 빗물의 고뇌, 그리고 침전된 햇
살의 죽은 분신을 세공하는 염전의 비밀병기는

쉿!
하늘의 예의 바른 쉬~에 있지

3부

그림의 그림

프로크루스테스의 침대 그림자는 정직하다.

다리 안쪽의 남자가 난간을 반쯤 넘어간 그림자를 붙잡고 있다. 그림자가 다리 밖으로 반쯤의 힘을 버렸는데도 난간 안쪽의 남자는 왜 저리 버둥거릴까. 반쯤 경계에서 혼신의 힘으로 평상복과 수의의 그림자를 짓고 있는 두 세상의 욕망. 위태롭게, 다리 밖의 그림자는 다리 안쪽의 남자를 마치 몇 번의 생을 따라온 전생처럼 돌아보고 다리 안쪽의 남자는 이번 생애까지 쫓아온 자신의 몇 번이나 헛디뎠던 전생인 양 다리 바깥의 그림자를 필사적으로 붙들고 있다.

그림자를 잡아다가
작으면 늘이고 크면 자르는 프로크루스테스의 정답,
다리가 길거나 짧거나
침대의 선택은
오늘이 내민 패의 전부일 뿐인데
그림자를 자를수록 예의들 가지런해진다.
〉

천칭 저울 위에서 기우뚱거리는
난간의 균형과 불균형은
내 어떤 하루의 슬픈 자화상일까.

오늘의 그림자는 귀가 너무 얇고
내 그림자는 예의를 모르고
한 쌍의 나비,
난간 모서리에서 아슬아슬 짝짓기를 하고 있다.

저것은 그림의 그림이다.

미훈에 들다

의암호수를 점령한 봄,
그 양팔의 기울기는
바람 한 잔 무게 쪽으로 수평이다
호수가 탁본한 풍경들의 살갗
낮술 한 잔 마신듯 파르르 일렁이는
그 미훈微醺의 경지* 엿보기
발을 툭툭 털고 물 위를 걷는다
구름 징검다리 겅중겅중 건너는 발아래
풍덩, 욕탕에 들어 있는 저 하늘
한 떼의 자전거 우르르 지나는데도 요동이 없다
산기슭 노란 동백꽃
흠칫 놀란 고양이 눈처럼 몸을 움츠리고
강가 충혼탑에 제수 한 잔 올리고 있는 느티나무
그 물빛 낯이 미심쩍다
강가의 여자 조각상 저 눈 끝 빈자리엔
바람만 머물다 가고 울컥,
외로움을 마신다
한 잔의 연둣빛 봄맛, 바람 너는 아니?
산비탈은 저물도록

농부를 붙들고 무슨 얘기 중인지
바짝 귀를 구부린 그의 허리는 가이아의 연인
발아되는 둘의 밀어,
농담農談의 수위가 높아질수록
호수가 탁본한 하루 점점 붉게 물들어간다
붉은 호수 한 잔 들이켜고
온몸 물들어
스캔들 하나 조작하고 싶은 봄날,

* 중국 수필문학가 임어당이 『생활의 발견』에서 즐겨 쓰던, 약간 취기가 오른
기분 좋은 상태를 가리키는 말.

에리코의 눈

대영 박물관에서 본 두개골,
눈알도 없는 눈에 하얀 조개껍데기가 박혀 있다

눈을 감고 있는 세상의 발굴은 조개껍데기의 눈꺼풀을
열고 들여다보는 일, 눈 없는 조개가 달의 풍습을 열고 닫
는다

달이 관할했던 물의 경계,
바다의 눈높이가 우주였던 주술의 고리,

하얀 조개껍데기는 뼈만 남은 생각으로
그저 덜그럭거렸을 것이다

조개껍데기는 만년의 눈꺼풀, 세상의 시작과 끄트머리
의 덧창, 마지막 썰물 시간에 눈 감고 처음 밀물 들어올
때 눈 뜨길 기다리는 그 너머로 건너가지 않는 자의 눈 감
는 방식,

소금물 한 줌 뿌리면 밀물인가 하고 눈 번쩍 뜰 것 같은

에리코의 눈은 마지막 썰물을 담고 아직 차오르지 않은
밀물을 기다린다

　　눈을 한 번 깜박이는 시간이
　　참 어처구니없는 달의 풍습,

　　어떤 조수간만의 차이는
　　일만 년을 두고 일어나는 일일수도 있다

진주목걸이를 하고 있는 초승달을 보았지

아주 큰 주사위를 갖고 놀았지
우주의 별자리를 굴리려면
풍작의 사과나무를 초대해야 했어
잠들지 못한 밤의 패를 찾아 떠나는 놀이였지
동쪽 면이 나오면 처녀는 봄을 해몽하고
북쪽 면이 나오면 남자를 정했지
타로는 별의 출처를 찾아
달의 깃털로 기록한 몽몽夢夢의 금기들
맑은 날 밤의 놀이지만
나는 가끔 흐린 날에 던져졌고
주사위에 잠들어 있는 숫자를 깨우다
나는 눈곱 낀 잠을 자고
별자리가 바뀔 때마다 운명이 이동하듯
혼자 하는 놀이에 더 집중했었어
오랜 시간이 지났지
어느 맑고 따뜻한 날 나는 하늘을 올려다보았지
언젠가 흐린 날 던져놓고
확인하지 못했던 별자리를 보았어
별자리의 운명은 서로 멀어

무관하게 반짝거렸어
아직도 빛나고 있는 별자리들이 박힌
아주 큰 주사위의 무위無爲들
책을 읽고 양을 잃었을까*
거짓말처럼 나는,
진주목걸이를 하고 있는 초승달을 보았지
왜 거짓말처럼
주사위의 제일 작은 숫자처럼
나는 가벼워졌을까

* 쓰루가야 신이치의 『책을 읽고 양을 잃다』.

저것 좀 봐

넘어질 듯 넘어지지 않는 저 걸음마의 웃음을, 저 연골의 뼈에 들어 있는 무른 고집을,

연두를 물풀의 자로 재볼까

넘어질 듯 넘어지는 물풀의 방향을, 고집하지 않아 천방지축 달리려는 연두의 마음을, 한 번도 부러지지 않은 것들이 어떻게 무성해지는지, 어떻게 꽃과 헤어지는지, 그러니까 연두를 혼자 놀게 하면 안 돼, 생각난 듯 찾아보면 어린모는 어느새 사라지고 문득 초록을 떠난 억센 마디들만 있어

연두의 자세를 배워볼까

여탕에만 있는 유아탕, 그 작은 탕에 단단한 뼈를 구부려 넣어본 적 있어? 소꿉놀이 그릇과 장난감 젖병이 뒹구는 연두의 온도를 맛본 적 있어? 간혹 유아탕에서는 사라진 시간이 접경해 있어 말랑거리는 고목과 새싹의 중심, 잔물살 쪽으로 기울지
　〉

접힌 시간 속에서는 꿈을 꾸는 거야

초록으로 기울어지는 연두의 재촉을 그때는 용서해야
해 달의 곡선이 짧아지고 계절이 덧문을 열고 나가면 나
는 초록이 되고 연두가 되는 거야

권태로운 몽상이 배꼽을 간질이는 찰나
순한 이가 간드러지는 바로 그때

연두탕에서 나는 간혹 실종되지

연습하는 꿈

흑나비 한 마리,
빛바랜 목덜미에 날아갈 듯 앉아 있다
저 나비는 어느 제국의 태생일까
종족 보존을 위해
세대를 교체하며 대륙을 건너온
제왕나비의 후손은 아닐까
보랏빛으로 염색한 머리 왕관처럼 틀어 올린 목에서
성스러운 고목이라도 수호하듯
총애를 독차지하던 애첩이나 경호하듯
흐릿한 나비 문신,
힘 빠진 근력에 돌이끼처럼 붙어 있다
간신히 남아 있는 푸릇한 시절의 흔적
가을볕에도 물들지 않는 저 초록은
지독한 고집이거나 되돌릴 수 없는 불가침 같은 것
눈 깜박할 사이,
사라지거나 박제가 되어버린 제국을 그리는
나비의 본색은 변신,
긴장이 사라진 저 몸 어딘가에도
아직 머릿결을 돌아나가는 향기가 있어

나비는 여태 한 쌍을 기다리는 중일까
시간의 시행착오처럼
갈고닦고 말리기를 반복하는
주름진 흑나비 한 마리,
불투명한 상자에 총애를 곱게 접어 넣고
우아한 체위로 목욕탕을 걸어 나간다
연습하는 꿈, 그리고
아직도 피고 있는 자욱한 꿈,

지저귀는 아이

영역 표시는 이미 하나의 도약,
꿈은 늘 그곳에서 시작된다

친구들이 다 돌아간 무렵의 운동장, 제 덩치만 한 두발
자전거를 붙잡고 있는 아이의 붉은 볼 어디에도 안도는
없다 씩씩대다가, 쩔쩔매다가, 곤두박질치다가,

불안정한 속도와 불규칙한 리듬 속에서 아이는 운동장
의 초록들과 앞다투어 불협화음을 만들어낸다

반복과 반복 속에서 두려움과 결별하는 아이의 질서들,
발버둥치는 꿈은 언제나 키보다 먼저 자랐다

리토르넬로,
리토르넬로,

무릎과 얼굴에는 빨간 꽃이 피었다
오빠는 화를 냈고 아버지는 괜찮다고 했다
세상의 그늘들은 따뜻한 기억의 뒤끝이거나 장난을 잘

받아주는 그림자들,

  나뭇가지 아무리 휘어져도 쏟아지는 것은 바람일 뿐,
아이는 너머를 힐끗거리며 온몸으로 지저귄다

  텅 비었거나 가득했던 오래된 질서들의 새로운 판,
  아이의 꿈은 늘 그곳에서 새로 시작된다

전이轉移

방의 온기는 잠의 체온이 된다

여름 장마에 장작불을 지핀다
황토방 아랫목에 배를 깔고 눕는다
새까맣게 그을린 고래 한 마리
잠의 심해 속을 뒤척인다

뒤척이는 일은 잠 이쪽저쪽을 섞는 일
고래의 행로를 쫓는 일

방고래는 종종 체해서 파랗게 질리곤 했는데
그럴 때면 어머니는
아궁이 볼이 터지도록 생솔가지를 집어넣었다
그리고는 고래 주둥이를 가마때기로 팡 팡 두들겼다
목에 잔 생선 가시가 걸리면
씹지도 않은 밥을 통째로 삼킬 때처럼,

흥얼흥얼, 찔끔찔끔, 아궁이를 두들기던
부지깽이의 따뜻한 꿈속에서는

잠수복을 입은 물고기, 새, 고양이가
다 한 집에 산다

어머니 잠 속의 유리바다,
땡볕이 마을 종탑 그림자 끝까지 내려와
어머니를 등에 업고 비상한다
고래의 도약*

어머니가 내게 전이된다

* 타무라 시게루 감독의 애니메이션 제목.

빗방울 구전

균열도 없이 먼 시차를 뚫고 와,

초가집 처마에서 짧게 또는 길게
빗방울 떨어져 산산 조각나는 눅눅한 우화들

웅얼웅얼 물방울 튀는 곳으로 턱을 괴고 누운 귀들이
따라간다

옛 할미의 느긋한 말 전등을 켜면 연한 배를 문지르던
까끌까끌한 손바닥과 무서워 파고들던 쪼글쪼글한 젖가
슴이 있었다 딸의 호기심은 깜깜한 귓속에 빗방울을 낳고
빗방울은 졸음의 초를 재고 있었지 어리석은 당나귀와 혹
부리 영감, 그리고 호랑이의 매캐한 담배 연기가 스멀스
멀 피어오르면 할미의 의심스러운 목소리 천장을 기어 다
니고 아기 도깨비가 뚝딱, 딸의 호기심에 입을 맞추면 처
음으로 무서운 꿈은 방망이를 휘두르다 벼랑을 뛰어내렸
을 것이다 봉초 담배를 꾹꾹 채운 곰방대에서 재가 되어
떨어지는 할미의 말 전등을 끄면
   〉

어린 딸은 활처럼 온몸을 당기며 무슨 꿈을 겨냥했을까

어린 딸과 이제 막 늙은 할미 사이
동년배처럼 누워 있는 빗방울 구전口傳들

막 나온 아이 같은,

붉은 문양의 손잡이가 등장했다
정교한 꽃 같다거나,
우아한 철퇴처럼 보이기도 하는 새로운 손잡이는
가장 평범하고 소중한 일상을 내리치며 단숨에
세계 곳곳으로 제 영역을 확장해갔다

인류의 무기 중 손잡이가 없는 것들은 없지
창칼과 활, 모략과 배신까지
모두 손잡이가 있는 것들이잖아
화려하거나 품격 있는 장식의 손잡이는
누가 자신을 더 사랑하는지 단박에 알아차렸지
무기가 자신의 욕망을 가두지 못하면
섬겨오던 주인을 내치거나
새로운 주인을 선택해서는
거대한 제국을 만들거나 식민지를 거느리며
흥망성쇠를 결정했지, 배려라곤 없었지
제발 손잡이를 조심해줘,

어떤 손잡이는 배려의 무기이기도 하지

칼날에 훅 뿜어대는 나비물이나
번쩍거리며 덩실덩실 추는 장도의 무용舞踊은
단순한 최후를 일격하는 망나니의 배려지

막 나온 아이 같은 봄의 손잡이를 당긴다
외출할 때마다 마스크를 쓰고
정화수처럼 놓여 있는 손 세정제를 꾹 짜
정성스레 양손을 비빈다
세상 물정 모르는 붉은 철퇴의 겨눔과 과녁 사이,
나는 나를 격리시킨다
격리된 봄, 사방에 만발하고 있다

구곡폭포

구곡으로 가는 길목에서 만난 가을은 취중이었다

얼마나 마셨는지 얼굴은 늘 얼큰한 옆집 곰보아저씨처럼 노랗고 붉게 물들어 있었는데, 개울과 솔바람도 함께 마셨는지 셋이서 팔짱 끼고 걷는 게걸음 세상에 없는 갈지자를 그리고 있었는데, 만취한 가을이 까마득한 폭포에서 풍덩, 물고기를 낚아채는 새처럼 다이빙을 한다 물살이 투명해졌을 때 들여다보니 도대체 얼마나 취했는지, 얼음장 같은 폭포마저 그 취기에 옮아 온통 붉게 물들어 있다 빨간 물에 살짝 두 손을 담그다 어찌나 뜨겁던지 화들짝, 순식간에 내 온몸에도 불이 붙는다

저 구곡폭포*, 취중에서 깰 즈음이면 나처럼 한때 속절없이 무너졌던 제 마음을 차갑고 단단하게 닫아걸 것이다

* 강촌에 있는 폭포.

철새

검은 홑청을 툭 털 듯
느닷없이 출렁거리는 하늘

먹물이 든다

물든다는 것,
이리저리 옮겨 다니는 날개들의 소란이다

부드럽게 혹은 격렬하게,

저희끼리 번지고
그 번짐 닦으며 가는 새떼들

이디오피아

눈雪 없는 나라, 이디오피아

눈이 온다
이디오피아 창밖에 펄펄 눈이 온다
하얀 눈과 커피 향 사이 커다란 창문은
열대와 한대의 국경선

커피의 나라 이디오피아에 앉아
뱅쇼를 마신다
빨간 뱅쇼 너머 폭설주의보 공지천은
새빨간 하늘, 새빨간 눈발, 새빨간 세상
빨간 우산 하나 다리를 건너 둥둥 사라진다
빨간 소방차 내달린다
귀청을 찢으며 달려오는 소방차의 텐션
그러나 뒷모습은
틈새도 없는 흰 점들의 회오리

이디오피아, 이디오피아
차가운 손바닥 속의 붉은 뱅쇼와

늙은 시간의 어린 낭만이 악수를 건네자
소방차 조용히 귀환하고
빨간 우산이 고양이 걸음으로 되돌아온다
뱅쇼가 투명해지는 동안
허공은 두꺼워지고 공지천은 꽁꽁 얼고
꼼짝없이 침잠하는 오리, 오리들
어떤 국경선은
거리와 시간에 관계없이 맞닿을 수 있어
이디오피아에 폭설이 내리는데
하양과 빨강은
얼음 호수에서 눈뜨는 이방 영혼들의
겨울 제의祭義,

눈雪 없는 나라, 이디오피아에
펄펄 눈이 온다

엄마의 봄은 코끝에서 오보된다

햇살이 담장 밑을 데우기 시작하면
뒤란의 바싹 말라붙은 검불 속에서 삐죽삐죽
통통하게 올라오는 움파들,

워메 워메 요 탐시런 거,
미처 잠도 덜 깬 손자를 안고 엄마는 움파 앞에서
오줌 가득 든 작은 고추를 남발하곤 하셨지

봄은 엄마의 코끝에서 오보되고
꽃샘추위는 몇 번이나 재채기를 해댔지

빈집 뒤뜰의 검불 유난히 바스락거리고
제철 꽃게마냥 통통하게 살이 오르는 엄마의 봄,
한 움큼 뽑아 다듬는다

따듯한 햇살은 기척도 없이 등을 쓰다듬고
매운 봄은 코끝에서 자꾸만 훌쩍이고

4부

한 잎의 온도

나뭇잎 한 장, 빙판에 갇혀 있습니다

반대편의 아이 하나,
피켓을 들고 침묵합니다

이파리 쪽으로 모여들거나 햇살 쪽으로 고이는 온도가
있습니다 초록도 온기도 없는 겨울이 짧은 햇살을 따라
아랫목으로 갑니다

지구의 시간이 녹아내리고
금요일의 아이들 등교를 거부합니다

나뭇잎 주위의 얼음이 조금씩 녹고 있습니다 아무리 하
찮은 한 잎의 곁도 흔들리는 촛불만큼의 온기가 있습니다
세상의 체감 온도가 한 잎의 온도라면

금요일의 피켓은
창백한 지구의 어조입니다
〉

얼음의 이불 같은 마른 나뭇잎 한 장, 지구를 걱정하는
어린 피켓 하나, 어쩌면 겨울의 숨통이거나 따뜻한 봄의
근처들이겠지요

어떤 금요일의 약속에는
측정 불가능한 수치 밖의 온기가 있습니다

쉿, 저기 꽃이 눕고 있어요

"시인의 조문을 받을 만한 꽃입니다"

선운사 주지의 4월 부고장,
상가喪家에 시인들 몰려온다

선운사,
거기 툭툭 목 잘린 수두룩한 얼굴들
죽음의 순간 두려웠을까
꿈을 이루었을까
땅 위를 뒹구는 만개한 절명들은
붉거나 사색이다

꽃이 지고 있으니 조용히 좀 해 주세요*

죽음, 그 냉혹한 단두대
문상하는 시인들의 곡哭소리
곡曲이다

꽃 지는 상가에서 꽃 피어 있는 망자들,

상주인 양 절명을 옆에서 지키면
상주 아닌가
상주와 망자가 따로 없는 지척 간은 황홀할까

숯, 저기 꽃이 눕고 있어요

꽃물 든 새들
저녁 예불에 드는지 푸드덕 난다

* 김화영의 시집 제목.

턱수염에 매화꽃

희끗희끗 턱수염에
매화꽃이 핀 남자

남자가 두툼한 손으로 매화꽃 가지를 어루만져요 창가
의 홍매화, 불꽃과 연기 사이의 호흡이 짧아지는 담배 속
으로 숨어들어요. 남자의 입속에서 봄이 피어요

남자가 꿈틀거리는 봄을 유리감옥에 가두어요
화르르 창문에 갇혀요

창문을 열어주세요 미처 도착하지 않은 봄을 꺾어 창가
테이블에 꽂고 있는 남자는 어느 계절에서 온 이방인일까
요 남자를 이해하는 데 편견과 선입견은 창가에 매달아두
어야 해요

필터만 남은 봄,

햇살이 창가에 앉아 잠시 꾸벅꾸벅 조는 사이 매화 꽃
잎들 하나, 둘, 몸을 여는데요 유리병에 꽂힌 매화꽃이 남

자의 계절을 증발시켜요

꽃과 연기 사이엔 장막이 없어
이방의 남자, 수없이 길을 잃어요

남자의 불꽃에선 어떤 능숙한 또 깜박 속아주고 싶은
하얀 거짓말이 필까요

여기요!
매화꽃이 창문 넘어 도망가고 있어요*

* 요나스 요나손 장편소설, 『창문 넘어 도망친 100세 노인』에서.

이탈하는 입술

첫 기억은 진실하고
이탈하는 입술은 정직하다

레의 입술 진실해도
풀쑥 튀어나오는 공기 뾰루지,
건방지고 무모한 처음은 더 이상
처음이 아니다

플루트를 분다
레의 문턱에서 삐끗, 넘어진다
처음 한 번 틀린
음의 지문은 이미 새로운 한 음계
하늘과 땅 사이 공기구멍 시접을 잘 조율한다
숨을 고루 분배하면
다시 처음으로 돌아갈 수 있을까
입술만 건너면 일방통로인데
뾰루지의 기억,
레 앞에만 서면 바짝 긴장한다
〉

잎담배 말아 피우시던 할머니 입술
그녀의 입술은 어디에서 삐끗했을까
생인손 같은 어린 청상은
어디로 누수되어 흘러갔을까
굳은살 박인 슬픔은 왜 반복되는 것일까
기억조차 희미한 쪼글쪼글한 입술에서
하얗게 새어 나와 재떨이에
탕탕 털고 매번 침을 뱉어도
불경 혹은 신성한,
함몰된 입술의 첫 감정 총총 흩어진다

처음처럼 플루트를 분다
공룡발자국 같은
동그랗게 오므린 첫 기억,

애도의 방식

투명한 창 안팎에 두 평화가 있었어
와와, 쿵쾅거리는 소리
붕붕, 날아다니는 소리
두 소리는 저의 집과 제 생활의 반경에서
아무렇지도 않게 얼쩡거렸어
어느 날 갑자기 어떤 소음들이 이상기류처럼 충돌했지
충돌한 소리들이 점점 몸집을 부풀리자
서로가 서로를 적으로 분류했어
존재조차 불투명한 두 세상의 전쟁,
소음과 소리의 공중전이었지
아무도 모르는 죄는 없다는 듯
붕붕, 윙윙 소리가 안팎에 가득했어
아이는 무슨 큰 죄를 뒤집어쓴 것처럼
책상과 식탁 밑으로 숨어들었지
그렇다면 저 말벌 집은 죄들의 성소가 아닐까
우리는 꽁무니에 무슨 뾰족한 죄를 숨기고
언제 어디서 무슨 큰 죄를 지었을까
연기를 피우고 불을 지르고 약을 뿌렸어
서로 쏘고 쏘인 죄는 처음의 부피를 잊은 채

몇 배나 더 부풀어 올랐지
말벌들은 항복할 틈도 없이 죽거나 달아났어
겹겹의 나비날개문양 속에는 죽은 애벌레가 가득했지
사나운 말벌들과의 전쟁,
조용한 평화를 애도했지만 그것은
십자군의 명분 같은 잔혹한 침략은 아니었을까
죄와 벌은 한 쌍이 아니지,
죄는 숨바꼭질에 능하고 벌罰은 물러남이 없지

누가 누구를 용서할 수 있을까

눈 박물관

곳곳, 동그랗게 뜨고 있는 수많은 눈들
누군가를 세심하게 응시하고 일거수일투족을 관찰하
는 부릅뜬 옹이들

숨어 있지 않아도, 이름을 붙이지 않아도 금방 알 수 있
는 온갖 짐승들의 눈, 자세히 보면 여러 감정의 사람 눈도
끼어 있다

눈目 박물관,

깜박이지도 않고 집요하게 나를 들여다보고 있는 저 형
상들, 나무의 몸을 빌려 오랜 시공간을 묵인해온 무수한
짐승들의 정령들,

사방에서 금방 튀어나올 듯한 살아 있는 눈빛에 잠의
뒤척임은 순간순간 긴장하는데

비가 온다
침묵하고 있는 정령들의 입김 더욱 코를 찌른다 불을

끈다 어둠 속에서 더욱 자명해지는 눈, 눈, 눈들,

　편백나무 방의 눈과 눈빛들 사이엔 서로 허물을 눈감아
주는 불규칙한 시차의 집약이 있다

　편백나무 방에 나를 들인다

모기의 방식으로

내 기억의 입맛에는
내비게이션이 설정되어 있어 집요하지
조금만 방심해도 당신은 들키지
질투는 칠흑 같은 어둠 속의 스토커
작은 움직임조차도 놓치지 않는
치밀한 저격수
첫사랑처럼, 첫 키스처럼
당신은 참 빠르게 반응하지
피 한 방울 들켰을 뿐인데
붉게 번지고 감염되고 중독되고
손대면 댈수록 이토록 시원한 쾌감이라니
앵앵, 본능이 있다면
그것은 촉,
천 개의 촛불을 켜 모든 촉을 밝혀도
당신의 그림자 파도처럼 일렁일 뿐
착각하거나 망각하거나
나는 총총한 별에도 눈멀고 말지
짧은 밤 가득
모깃불 매운 여름을 피울까

눈앞에서 기웃거리는 당신
두 팔로 저어 힘차게 쫓는다면
나는 질투가 많은 사람
어른거리는 흰 기억을 쫓아 온밤을 달린다면
기어코 질투가 많은 사람

안녕, 약사동 풍물장

풍물시장 좁은 골목
'홍천집'에서
막걸리 잔들이 마지막 이야기보따리를
펼치고 있다

닷새마다
궁금한 발길들이 안부를 묻고
가슴앓이를 털어내던 20여 년,
그 막을 내리고 있는 약사동 풍물시장

아우성이다

홍천댁은 아우성치는 풍물장을
반죽하여
마지막 애환을 구워내고 있다

새집으로 이사 가는 설렘보다
껍딱지처럼 따닥따닥 붙어 있는 묵은 정이 커
둥지를 떠날 손길들 툴툴거린다
〉

골목을 휘감는 찬바람 사이로
천막들 펄럭거리며 옷을 벗는
장터의 마지막 풍경들,

텁텁한 막걸리를 껵껵
들이켜고 있다

바람의 책사들

온순하거나 포악하거나,
풍속으로 나는 날개는 바람의 방향과 일란성이다

세상을 뒤바꾼 날갯짓,

간혹 나비의 하품에서 시작된 풍랑이 지구 반대편의 도
시를 베어 먹으면 새 떼들은 더 먼 죽음의 신을 소환한다

좌우 날개 깃털 사이에 책사가 숨어 있다면 분분한 바
람은 새가 많은 곳일수록 넘치거나 모자라 양극으로 멀어
지고, 바다를 횡단하는 새의 날갯짓에서 마지막으로 떨어
져 죽은 어린 공중들은 범선의 닻을 밀겠지

바람이 가득 든 말에 휩쓸리는 먹구름들, 책사는 구름
가면 뒤에서 대수로운 풍경들의 눈꺼풀을 쫓는다

포악하거나 온순하거나, 바람은 다 새들의 성격
그렇다면 바람의 책사는 날개의 가장 어린 깃털일지도
〉

겨드랑이에 난 깃털을 뽑아 풍속을 잰다
괴어놓은 창문이 덜컹 닫힌다

입술을 줍다

떨어뜨린 걸까, 버린 걸까
누군가의 입술을 하나 줍는다

밤새 천둥번개 장검을 휘두르더니
기울어진 길섶 쪽으로 벚꽃 잎들 하얗게 쌓여 있다
수북한 꽃잎 무덤 속에서 나온 입술이라니,

소양정* 오르는 길목, 갓머리 하나 없는 허름한 비석이
하나 있지 기생 전계심의 묘비라지 기생에게 낭군이란 자
낭군 같아 애초에 기생의 절개는 세상의 눈독이었을 것,
기다리고 기다리던 은장도의 입술은 기생으로서의 후생
을 끊었다지 짓무른 칭송처럼 유유자적 입술을 닫았다는
호수 이야기 수없이 흘러오고 흘러가도 계심은 그저 요지
부동이지

강기슭에서 주운 립스틱 하나,
칠이 다 벗겨진
저 붉은 입술은 어느 새침데기의 시치미일까
〉

모인某人의 입술 유등처럼 띄우는

꽃잎 흩날리는 봄날,

흑치

치아가 물들거나,
치아를 물들이거나,
위태로운 벽을 타고 올라가 꽃을 따는
화루의 구애,
이빨이 검다는 거지

거울을 보고 치아를 살피는 일
왜 내가 나에게 보내는 적의 같을까
더는 따를 풍속도 없는데
왜 검은 동굴 같은 입속에 숨어 있을까
한낮의 무표정들
밤을 우물거리는 저 하얀 치아는
하얀 거짓말을 씹고 있을지도 모른다

밤의 은자隱者들이
점점이 박힌 별을 껌처럼 씹으며
검은 기억, 검은 이름을 조롱하는 꿈을 꾼다
흑치黑齒 사이로
길고 축축한 밤이 흐른다
〉

잠을 망설이나요
검은 잠꼬대 질겅거리면 흰 새벽은
목발을 짚고 달려오겠지

세포의 몰락

아침 출근길, 그녀의 아들이 쓰러졌다

최초의 울음과 최후의 눈빛 사이
어미의 팔에 안겨 있는 마지막의 기적

오, 피에타

발톱 손톱을 세울 일, 잠 이쪽에 미뤄놓은 일 있다고 로
사리오는 식물처럼 자라는 긴 잠의 각질을 밀어내고 있다

세상의 간헐적 위로는 고해처럼 담장을 넘고 빛은 안대
를 쓰고 낮잠에 들어 살갗은 더는 차가워지지도 따듯해지
지도 않는다 손발톱 깎아 아무 데나 흩뜨려놓고 쥐의 눈
에서 눈부처를 찾는 어미의 동아줄 기도, 지상의 마지막
언어처럼 팔에서 스르르 빠져나가고 있다

소리 없는 잠은 사이프러스처럼 자라고
북두칠성 같은 묵주기도
〉

"나의 저녁이 너의 아침이길"

식물의 손톱과 발톱,
밤마다 감각도 없이 자란다

참 어처구니없다

껍질을 벗는다는 것,

우주의 목록들
파행하고 이탈하고 창작하는 허공의 연금술
일상을 고요히 수행修行하고 금지하고 단식하는
그리하여 한없이 친밀해지는
방치의 시간

땡감이 적멸에 든다

껍데기를 벗는
오랜 고행에 저승꽃 핀다
무릎에 딱딱한 씨앗들 박힌다
이유를 물으면,
젖은 돌에 이끼 끼는 이치라고 덤덤한 선답仙答

적멸은
주장자를 든 고승이 연단을 내려다보며
따듯한 삭발들을 향해

땡중! 이라고 호통치는 이유와 같아서
어떤 존재들이 제 이름을 바꾸는 일이어서
제 살을 깎아 눈처럼 분 난 곶감들
쫄깃해지고 있다

제 성질을 바꾸는 저 환골탈태,

호통바람에도
나는 내 성질을 바꿀 수가 없다.
나는 내 살을 깎아낼 수가 없다. 그러니
땡감과 땡중과 나는
같은 말이다

갯벌 주름

바다의 주름이 밀려온다

한밤중 잠든 어머니의 얼굴에 웬 다족류들과 갑각류들 저렇게 돌아다닐까 이마에서 눈가 또 목 근처까지, 크고 작은 구순九旬의 주름에는 파랑의 바다 비문, 빼곡하게 새 겨져 있다

갯벌 나이테,
간지럽지도 않은지

늘 같아 보이는 다른 주름은 달과 밤의 불일치, 매일 바다가 드나드는 엄마의 얼굴은 매번 다른 달을 온몸으로 받았다는 증거다 날마다 낯선 썰물과 밀물을 접촉했던 엄마의 검붉은 얼굴에 가만히 귀를 기울이면 찰랑찰랑 물 들어오고 물 빠지는 소리 예사롭다

나도 모르게 나를 간질이는
온갖 다족류들,
〉

갯벌에는 숨어 사는 것들이 너무 많아 수줍은 엄마처럼
나는 매번 다른 달을 받아들이고

갯지렁이 한 마리, 밤새 이마에서 꿈틀거린다

숨은그림찾기
– 남이섬

섬이 말을 시작하면
그림자를 색칠하라

원시의 질문과 복선들의 섬,
물이끼 무성한 이야기 섬,
섬의 이마에 땀방울처럼 맺히는

숨은 그림을 찾아라

사람의 입에
물고기 지느러미를 달고
나무수염을 붙이면
웃음들이 배꼽을 따라 둥글어지는
이야기 섬,

새 또는 물고기로 태어난
유체 감금된
숨은 그림을 찾아라
〉

끊임없이,

코끼리 걸음을 걸어라

돌 속의 새 발자국 혹은
'독백'으로 축성된 반(反) - 문장의 성소

박성현(시인/문학평론가)

1

어느 순간 우리는 말이 아닌 '독백'에 사로잡힐 때가 있다. 말로써 구조화되기 직전의, 혹은 말이 아닌 것들의 강렬한 주술에 기울어져 몸과 마음을 완전히 뺏겨버린다는 것이다. 명징한 형상을 갖춘 소리-질료도 아니고, 대상과 사건을 정확히 지시하거나 분절하는 언어도 아닌 이 '독백'은, 칠이 다 벗겨진 나무계단이나 햇볕이 마르지 않는 공원 벤치에 앉아 무심코 흘려보내는 유음 덩어리 혹은 아직 태도와 방향이 갖춰지지 않은 침묵이다. 말들은 '그'의 입속에서 고였다가 넘치고, 넘치면서 바닥이 보일 만큼 깊이 가라앉는다. 다 쏟아냈다고 확신하는 순간, 갑자기 자신의 발화(發話)를 거둬들이면서 스스로를 언어 이전으로 되돌리고, 그러한 반복을 통해 끊임없이 '독백'을 만들어낸다. '말'이 아니어서 오히려 '말'에 가장 가까워지는 순간, 그것이 '독백'의 정체다.

그렇게 '독백'은 우리를 홀리는 것이다. 그는 나무계단이나 공원 벤치의 어느 한 점에 놓여 있다가 자신의 감각을 사방으로 흩어놓기 시작하는 것이다. 마치 식물들이 아주 느리게 잎과 줄기를 밀어내고 단단히 하는 것처럼, 그는 세계를 '손-안-에' 놓고 세밀하게 살핀다. 말들이 서로 스며들고 겹치면서 압화(押花) 되는 과정에서 말들은 멀지만 분명해지고 분명하면서도 모호해지는데, 독백이란 세계를 향해 열리고 '세계'에 반응하는 '그'의 감각 전부를 포괄한다. 세계와 접속하고 반응하며 교감하고 대칭하는 그의 감각이 소리의 형식으로 나타나는 것이다. 독백은 뜻하지 않은 발화이면서도, 항상 준비해야 할 문장의 가장 먼 외연이다. 독백은 주체가 '주체-속-에서' 사라지는 형식으로써, 문장이 그 '문장-속-에서' 사라지는 첨예한 행간이다. 그는 다시 고쳐 앉으며 자신이 밀어 보낸 유음과 침묵을 거둬들인다. 그리고 자신이 내던져진 좌표를 중심으로 주위를 세밀하게 다시 쓴다.

만일 우리가 독백을, 문장이 대상과 사건을 배치하다 멈춘 곳에서 은밀하게 드러나는 텅 빈 '문자'라고 규정한다면, 시-쓰기란 문장 내부에 이 '독백'을 끊임없이 산출하는 작업과 다름없게 된다. 불현듯 나타나는 공백이자 행간, 그리고 (금시아 시인의 표현을 빌려) "우주의 목록들 / 파

행하고 이탈하고 창작하는 허공의 연금술 / 일상을 고요
히 수행修行하고 금지하고 단식하는 / 그리하여 한없이 친
밀해지는 / 방치의 시간"(「참 어처구니없다」)과 "곳곳, 동
그랗게 뜨고 있는 수많은 눈들 / 누군가를 세심하게 응시
하고 일거수일투족을 관찰하는 부릅뜬 옹이들 // 숨어 있
지 않아도, 이름을 붙이지 않아도 금방 알 수 있는 온갖 짐
승들의 눈,"(「눈 박물관」)이 바로 독백이다. 은밀하게 나타
나고 아무 일 없는 듯 곁에 있다가도, 끊임없이 이완된 문
장을 팽팽하게 돌려세우는 "새 또는 물고기로 태어난 / 유
체 감금된 / 숨은 그림"(「숨은그림찾기」), 혹은 "온몸의 촉
을 밝히"(「리좀 찾기」)는 '생각'의 더미들이 문장으로 형상
되기 직전의.

2

금시아 시인은 이 '독백'의 문체를 시집 전체로 확장하
면서 시 쓰기의 새로운 방법을 모색한다. 그는 대상과 사
건을 시적으로 변용하기 직전의 갑작스러운 멈춤을 '독
백'으로 규정하는데 이것은 시인 특유의 방법적 시 쓰기의
한 축을 형성한다. 그 '멈춤'은 절대적인 감각의 확장이며,
감각을 이미지로서 구원하는 확실한 절차다. "구불구불
전나무 길은 깊어질수록 외지外地,"(「내외內外라는 것」)라
는 적요나 "대영 박물관에서 본 두개골, / 눈알도 없는 눈

에 하얀 조개껍데기가 박혀 있다"(「에리코의 눈」)는 일만 년의 고독이자 때로는 "내가 나에게 보내는 적의 같"(「흑치」)은 것이다.

특이한 것은 시인은 이 '독백'을 통해 자신이 감각한 것들로부터 한참을 비켜서 있다는 점이다. "텅 빈 호수에 액자도 없이 걸려 있는 한 사람"(「별이 빛나는 밤에」)의 이미지로 표현되는 이 절박한 사태는, 금시아 시인의 두 번째 특징을 이루는데, 시인은 "은둔자들의 기도 진달래 군락을 이루던 한때도 / 골목마다 피어나던 고래고래 취중 고성 방가도 / 개처럼 영역을 표시하던 어린 치기도 / 전봇대 같은 호방도 위세도 모래시계처럼 빠져나"(「5월의 전략」)간다고 쓸 때 여실히 드러난다. '모래시계처럼 빠져나가는' 것은 과연 무엇일까. 시인 자신일까. 아니면 감각에 내재한 '불완전함'일까.

원래 세계는 '나'의 감각을 통해서 일차적으로 표현된다. 그리고 사유는 감각을 집적하면서 이를 통할하고 대상과 사건의 인과와 유비를 최대한으로 뽑아낸다. 여기까지가 우리의 '말'이 작동하는 범위다. 그러나 이제부터는 일반화된 절차와 법칙에 균열이 발생한다. 시인이라는 예외적 존재 때문인데, 그는 '독백'이라는 유음과 침묵의 '반(反)-문장'을 통해 감각과 사유가 포획한 사물들을 다시 쓴다. 시인은 자신의 감각에 사로잡힌 것들에게서 비켜서고 물러남으로써 언어 내부의 공백과 행간을 최대치로 끌

어울리는 것이다.

3

지금 '독백'이라는, 금시아 시인의 독특한 정서를 살펴봄으로써 이제 우리는 시인이 지향하는 예술의 범위와 경계에 다가섰다. 독백은 감각을 확장하고 이미지로서 구원하기 위해 감각 그 자체를 괄호로 만들어버리는 실천적 시쓰기다. 무엇보다 변용 단계 직전의 '멈춤'이다. 유음과 침묵의 덩어리들이, 의미를 향해 맹렬한 포말로 분절되는 사태인 '독백'이란, 결국 '혹등고래'를 '움직이는 대륙'이나 '흔들리는 섬'으로 돌려세우는 비현실적인 것들의 '현실'을 핍진하게 받아들이고 내면화하는 질문과 계기가 아닐까.

그렇게 '그'는 문장을 써내려가듯 걷는다. "연두탕에서 나는 간혹 실종되"(「저것 좀 봐」)기도 하는데, 그러나 걸음을 옮기는 속도는 거의 제로에 가깝다. 특정한 좌표에서 보면, 그의 걸음은 멈춰선 듯 보일 것이다. 세상의 속도들, 가령 남산타워를 도는 전기버스의 속도나 15초짜리 TV 광고가 이미지를 바꾸는 속도, 혹은 어린 학생들이 그림책을 넘기는 속도는 이미 그의 '세계'가 아니다. 그는 다르게 걷고, 다르게 보며, 또한 다르게 듣는다. 그는 이 '차이'를 정확히 특정하고 있으며, 차이'만'이 독백과 같은 멈춤의 속도를 역동적으로 만들 수 있음을 알고 있다. '감각의 불완전함'이나 '물자체-의-없음'이 그의 걸음 속에서 실현되고 있다는 얘기다. 그것은 발견이자 동시에 확장이다.

> 붉은 문양의 손잡이가 등장했다
> 정교한 꽃 같다거나,
> 우아한 철퇴처럼 보이기도 하는 새로운 손잡이는
> 가장 평범하고 소중한 일상을 내리치며 단숨에
> 세계 곳곳으로 제 영역을 확장해갔다
> ─「막 나온 아이 같은」 부분

시인은 "붉은 문양의 손잡이" 앞에 멈춰 서서, '정교한 꽃'이나 '우아한 철퇴' 같은 그것을 세밀하게 살피고 있다. 시각의 바깥에 있다가 어떤 물리력에 의해 튀어나온 듯한 '손잡이'는, 특이하게도 '있다'라는 존재사(存在詞)보다는 '등장하다'라는 동사를 통해 존재-함을 표현한다. 시인도 처음에는 손잡이의 '등장'에 적잖이 놀랐을 것이지만, 마음을 고쳐 잡고 '손잡이'를 둘러싼 사태를 정제하기 시작한다.

시인의 감각 안으로 들어와서는, "가장 평범하고 소중한 일상을 내리치며 단숨에 / 세계 곳곳으로 제 영역을 확장"하는 '손잡이'는, 명백히 대상과 사건의 발견이자 확장의 알레고리다. 이미 금시아 시인은 "여기요! / 매화꽃이 창문 넘어 도망가고 있어요"(「턱수염에 매화꽃」)라는 문장을 통해 사물의 찰나를 유비로 풀어내며 그 최대치를 강구한 바 있다. 물론 이 '최대치'란 '손잡이'와 '등장'과 같은 단어들의 특이한 관계 설정에서 오는 것이며, 이러한 경향은 "따뜻한 햇살은 기척도 없이 등을 쓰다듬고 / 매운 봄은 코끝에서 자꾸만 훌쩍이고"(「엄마의 봄은 코끝에서 오보된다」)라는 매운 문장으로 이어진다.

어머니 잠 속의 유리바다,
땡볕이 마을 종탑 그림자 끝까지 내려와
어머니를 등에 업고 비상한다
고래의 도약

어머니가 내게 전이된다
— 「전이轉移」 부분

"어머니가 내게 전이된다"라는 문장이 가능한 것은 오로지 시인이 문장이 포용하는 가능성의 너머로 향하기 때문이다. 시인의 문장에서 어머니의 잠은 '유리바다'로 유비되고, '땡볕'은 어머니로서 구조화된 세계를 쪼개고 뒤섞어버리는 '고래의 도약'으로 비상한다. 여기서 '전이'는 대상과 사건으로 향하고, 그것에 스며들어 존재-함의 '코나투스'를 하나의 '사건'으로 재구성하는 힘이다.

이처럼 '걷다'라는 동사가 시인을 주체로 하여 파생하는 것은, 대상과 사건의 미세한 차이들인 바, 시인은 이를 거의 정지된 상태에서 관찰하고 포괄하며 문장으로 전이시킨다. 그의 문장들은 세계를 산발하고 집중하는 동시에 시인의 문법으로 재구성된다는 것. 이러한 문장들의 흐름은 시인만의 섬세하고도 단호한 세계로 옮겨가는 과정이겠지만, 그것은 시인의 방법적 시작(詩作)이라는 유연한 틀을 형성한다.

이를테면, "바위섬에 앉아 / 물 끝을 오래 보고 있으면 / 아무도 모르게 섬이 / 조금씩 이동하는 걸 알 수 있는데"(「혹등고래」)라는 문장이나, "꽃물 든 새들 / 저녁 예불에 드는지 푸드덕 난다"(「쉿, 저기 꽃이 눕고 있어요」)는 문장, 그리고 "갯지렁이 한 마리, 밤새 이마에서 꿈틀거린다"(「갯벌 주름」)는 문장에서처럼, 그는 움직임을 면밀하게 바라보고, 세상의 단위들과는 전혀 다른 형식으로 자기 자신과의 인과를 풀어내고 있다. 여기서 우리는 돌 속에 새겨진 '새의 발자국'을 볼 수 있게 된다. 멈춰 있지만 언제든 회를 치고 날아오를 수 있는 강렬한 이념과 의지가 그곳에 있는 것이다.

돌을 주웠다
새의 한쪽 발이 빠져 있는,
>

새의 한쪽 발을 얻었으니
돌은 두근거렸을 것이다
심장은 파드득
날아갈 꿈을 꾸었을 것이다
분명 돌이 물렁물렁하던 시절이었을 테지
발을 하나 놓고 간 새는 절뚝거리며
어디쯤 날고 있겠다

새의 한쪽 발은
무심코 길에서 차버렸던
풀숲에서 뱀을 향해 던져버렸던
아니면, 하릴없이 물속에 던져 잃어버린
나의 한쪽 신발이 아닐까
두근두근 꾸었던 나의 꿈
그 꿈 어디쯤에서 한쪽 날개를 잃어버리고
나는 절름발이 새일까

새도 죽을 때는 돌처럼 부서지겠지
돌이 쩍 하고 갈라진다면
저 발은 날개를 달고 비상하겠지
돌을 닦는다
돌 틈 어디에서 외발을 씻거나
공중을 절뚝거릴 새의 발을 닦는다
>

돌 속의 새 발자국,

생략된 비밀들이 참 뾰죽뾰죽하다

—「돌 속의 새」 전문

시인은 걷는다. 속도와 방향은 주위 사물에 반응하도록
설정한다. 그는 걸어 다니면서 자신에게 기울어지는 사물
들의 투명한 온기를 느낀다. 그의 걸음은 "이파리 쪽으로
모여들거나 햇살 쪽으로 고이는 온도"(「한 잎의 온도」)다.
그는 멈췄다가 걷기 시작하고, 다시 멈추면서 걸음의 내력
을 살핀다. 살필수록 걸음이 딛고 선 장소의 냄새, 그늘의
두께와 기울기는 더 환하고 분명해진다. 그때 시인이 발견
한 것은 한 걸음 앞에 놓여 있는 '돌'이다. 아니다. 돌 하나
가 그를 발견하고는, 자신을 맹렬히 내던지는 것이다.

'돌'이 있다. 돌을 둘러싼 사방은 그만큼의 형태와 무게
를 받아들이면서 돌에게 '장소'를 내어준다. 미세한 균열
과 거칠고 두꺼운 돌출까지도 완곡하게 감싸는 것이다. 시
인은 멈췄다가 한 걸음을 더 가서 집어 든다. 자세히 보니,
움푹 팬 곳에 암갈색 그늘이 져 있다. 손끝을 대고 그늘을
따라가며 선을 그리는데, "새의 한쪽 발이 빠져 있는" 듯한
모양이 만져진다. 홰를 치기 전에 새가 단단히 움켜쥐었던
'돌'에 자신을 증명하려는 듯 발자국이라도 새겼던 것일
까. 날아오를 때의 그 치열한 상승과 활공은 발자국과 함
께 걷잡을 수 없는 '울음'으로 번지기 시작한다.

시인은 낯선 이물을 움켜쥐고 걷는다. 손을 쓸어내리는 이물이 몹시도 거칠다. 이상하게도 그 이물은 아득한 햇볕을 만질 때처럼 따뜻하다. 물러나는 것이지만 항상 시인을 향했던 그림자와 같은 익숙함이다. "주술에라도 걸린 듯"(「하추리를 베고 누워」)하다. 사정이 이러하니, 시인도 물 밀 듯 밀려오는 그리움을 거부할 수 없다. 새를 향한 몰입과 돌진으로써, 그리움을 받아들인다. 그런데 "돌 속의 새 발자국"이 "무심코 길에서 차버렸던 / 풀숲에서 뱀을 향해 던져버렸던 / 아니면, 하릴없이 물속에 던져 잃어버린 / 나의 한쪽 신발"이라는 것을 깨닫는 순간 "두근두근 꾸었던 나의 꿈"이자, "그 꿈 어디쯤에서 한쪽 날개를 잃어버"린 자기 자신을 발견한다.

그러므로 새는 '두 발을 구름 속에 숨겨' 놓고서는 "글썽이는 속도로 날"(「활공장滑空場」)아가는 것이다. 동시에 "죽을 때는 돌처럼 부서지"는 것이며, 부서진 돌에 갇혀 있던 날개들이 다시 움직이며 비상하는 것이다. 걷다가 멈춘 시인이, 그 멈춤의 순결한 속도로 '돌 속의 새 발자국'을 읽는다. "세상을 뒤바꾼 날갯짓"(「바람의 책사들」)이, "공룡발자국 같은 / 동그랗게 오므린 첫 기억"(「이탈하는 입술」)과 "텅 비었거나 가득했던 오래된 질서들의 새로운 판"(「지저귀는 아이」)이 바로 그곳에 머물러 있다.

4

금시아 시인의 '독백'은 그가 세계를 받아들이고 내면화하는 방식을 고스란히 표상한다. "돌 속에 새겨진 새 발자국"이라는, 오로지 감각과 상상만으로 이뤄진 가능성제로의 사유를 하나의 엄밀한 실존으로 이끌어낸다. 자기자신을 온전한 매개로 삼아, "죽음으로부터 사유되는 시간"(하이데거)이라는 생생한 삶의 윤리와 방법을 시-속-에서 실천한다는 말이다. "말들은 세상을 투석합니다"(「나 자스말」)라는 통찰을 중심에 두고 시인의 문장은 사방으로 향한다. 우선 두 개의 방위부터 읽어보자.

첫째는 '삶을 통한 죽음의 지속'이라는 매우 특이한 시선이다. 시인은 "무덤이 묵었다는 것은 / 산 사람의 기력이 쇠잔해졌다는 뜻일 테지 / 죽어서의 몰락처럼 / 살아 있는 후손도 없는 저 무덤 / 어느새 양자라도 들인 걸까 / 무릎에 앉힌 듯 / 보라색 제비꽃 슬하를 이루고 있다"(「봄의 착시」)고 쓰면서 자신에게 허락된 죽음을 지속하기 위해 고군분투를 하는 이름 없는 무덤의 치열한 생존기를 들려주는 것이다.

둘째는 '죽음을 통한 삶의 지속'이다. 그는 "나무의 겨드랑이를 파고드는 바람의 의도는 나무만이 알지 바람의 체온에 나무는 천천히 뜨거워지지 충동처럼 붉게 물드는 나무의 머리카락 한 줌은 이 세상에 없는 바람의 밀지謐紙. 나무의 착각을 타전하는 모스부호처럼 구름은 달려가고 누구의 기척인가 소견을 물으려니 벌써 알고 젖어 있는 민소매"(「물의 복화술」)라고 쓰면서, 매순간 죽음과 연동되는 삶의 기적들이 "이 세상에 없는 바람의 밀지"를 통해 더 충만해지는 것임을 역설한다.

'죽음'과 '삶'이라는 돌이킬 수 없고, 게다가 불가항력인 두 세계는, 이제 시인의 손끝에서 하나의 세계로 통합된다. 아주 느리게 걸으면서 주위를 조금씩 흡입하고 산발하듯이 그는 두 개의 이질적인 양태들을 대칭하는 것이다. 저기, 풍물장에서 걸어온, 검은 봉지들처럼 너무나 익숙해서 평범한 얼굴 몇몇이, 버스 정류장에 나란히 앉아 끝말을 주고받지 않는가. 나는 시인이 소묘한 풍경을 떠올리다가 저곳 한 귀퉁이에 붙박이고 싶다는 강렬한 충동을 느끼는 것인데, 너머에서 멈추지 않고 다시 너머로 옮겨가는, 어쩌면 무한 회귀라는 단어 말고는 어울릴 것 없는, 그렇게 무척 멀고 쓸쓸하고 고즈넉한 옛날과 같은.

풍물장에서부터 걸어온 검은 봉지들 몇몇,
버스 정류장에 나란히 앉아 끝말을 주고받는다

온의동 버스 정류장에 할머니 두 분 오래 앉아 있다 소소한 말들이 서로 다른 곳을 바라보며 건너가고 건너온다 이미 볕을 닫아걸어 물기 없는 꽃들, 너무 먼 곳도 가까운 곳도 소소한 가을색이다 이만큼 산다는 것도 기막히다는 말끝에 먼저 간 옥동댁 샘밭댁 젊은 순이 어미 등등, 차례로 죽은 이름들이 등장하고 퇴장한다 그동안 버스도 살고 죽은 이들을 몇 번이나 태우고 갔다 와 끝말을 잇는다 늦가을 햇살 아래서는 죽은 사람과 산 사람이 서로 말 섞으며 한 버스를 기다리는 일쯤은 흔하다 첫서리에 노랗고 푸른 은행잎들 우수수 나뒹굴거나 말거나 이내 기억할 수 없는 일들 점점 멀어져 어제처럼 진지한 댕기 머리랑 초야의 밤, 고구마 줄기처럼 줄줄이 달려 나온다 사소한 말끝에는 뒤끝이 없어 끝말의 초점 하나로 집약되는데

풍물장날 버스 정류장에서
간혹, 시공이 사라지는 이유다
― 「끝말잇기」 전문

풍물장이다. 지역 특산물을 선별하고 전시했다고는 하지만, 좁은 국토에 타지와는 완전히 구별되는 물건이 있을까. 곶감은 상주가 유명하지만, 곶감이 나지 않는 곳은 많지 않다. 어쩌면 풍물장이란 어쩌면 사람살이의, 그 치열한 생존기를 확인하는 것이겠다. 왜냐하면, 적막하게 흩어진 장소들을 모으고 일정한 간격으로 배치하는, 그래서 서로의 감정과 안부를 묻는 일이 필요하기 때문이다. 물론 풍물장의 필요는 전승과 확인이라는 것을 전제로 한다.

다시 풍물장이다. 어떤 사람들은 짧게 모였다가 사라지

고, 또 어떤 사람들은 난전에 죽치고 앉아 정치를 안주삼아 탁주를 마신다. 무대에 난입해서 춤을 추는 사람들도, 공연 팀과 어우러지는 사람들도 있다. 햇볕도 지짐처럼 고소하게 부쳐지는 오후의 풍물장에서 예부터 지금까지 반복되는 생활들은 모두 내부의 결속에서 나오고 다시 그곳으로 향한다. 마침, "풍물장에서부터 걸어온 검은 봉지들 몇몇"이 버스 정류장에 나란히 앉아 있다. 시인은 그 두 사람의 풍경을 살피면서 "끝말을 주고받는다"고 쓰는데, 여기서 '끝말'이란 지치지 않고 솟아오르는 안부임, 동시에 그것에 대한 확인과 증명임을 그는 모르지 않는다. 저기, 온의동 버스 정류장에 할머니 두 분이 오래 앉아 있고, 그들이 발화하는 지극히 소소한 말들이 다른 곳을 바라보다가 건너가고 건너오는 것이다.

덜컥, 시인은 그 풍경의 끄트머리에 걸터앉는다. 무너지지 않도록 자세를 단단히 고쳐 잡지만 어쩔 수 없다. 마음부터 이미 금이 가기 시작했다. 그들의 대화 속에서 "이만큼 산다는 것도 기막히다는 말끝에 먼저 간 옥동댁 샘밭댁 젊은 순이 어미 등등, 차례로 죽은 이름들이 등장하고 퇴장"하는 터라 도무지 무너지지 않고서는 견딜 수 없었던 것이다. 말들이 주어를 잃고 흩어질수록 시간도 속절없다. 볕을 달아걸어 물기 없는 꽃들이 소소할 뿐이지만, 할머니 두 분의 끝말잇기 속에서 피어오르는 "늦가을 햇살 아래서는 죽은 사람과 산 사람이 서로 말 섞으며 한 버스를 기다리는 일쯤은 흔"한 일이다. 온의동 버스 정류장에서 할머니들이 나누는 끝말에서 "첫서리에 노랗고 푸른 은행잎들 우수수 나뒹굴거나 말거나 이내 기억할 수 없는 일들 점점 멀어져 어제처럼 진지한 댕기 머리랑 초야의 밤, 고구마 줄기처럼 줄줄이 달려 나"오는데, 그 가을색 말들은 이미 살고자 하는 생(生)의 간절한 실존인 것이다.

'죽음의 지속'과 '삶의 지속'이 풍물장의 대칭과 결속을 통해 더욱 찬란해지는 풍물장의 저녁이다. 아직 버스는 멀어서 요원한데, "어떤 이는 벚꽃들이 동행하고, 누구는 첫눈 가마를 타고 가고 흰나비 떼 날거나, 무지개다리를 놓거나, 동백꽃들 뚝뚝 자절하거나, 은행잎들 노란 융단을 펼치"(「죽은 사람을 나누어 가졌다」)는 할머니들의 소묘는 너무나 일상적인 사소함이어서 오히려 간절하다. "골목을 휘감는 찬바람 사이로 / 천막들 펄럭거리며 옷을 벗는 / 장터의 마지막 풍경들, // 텁텁한 막걸리를 꺽꺽 / 들이켜고 있"(「안녕, 약사동 풍물장」)지만, 이것이 금시아 시인이 성찰한 삶과 죽음의 불가해한 마주침이다.

5

시인은 걷는다. 걷다가 멈추고, 멈춰 선 채로 주위를 살핀다. 어떤 때는 나무계단이나 공원 벤치에 앉아 유음과 침묵으로 가득한 덩어리를 뱉어낸다. '말'이 되기 직전의,

혹은 말이 아닌 채로 '말'을 넘어선 그것은 시인의 내면을 향해 '독백'의 형식으로 잠입한다. 그가 걸음을 옮기는 태도와 방향, 그리고 속도는 모두 '독백'이라는 무의지적 발화(發話)를 통해 만들어진다. 하지만 그 발화가 만드는 세계는, 요컨대 "누구하고도 흥정되지 않고 어디로도 통과할 수 없어 내 마음, 네 마음 다 안다는 듯 내 마음, 네 마음 빤히 보인다는 듯 마른 비늘을 핥는 풍습처럼 슬픔이 불면 중인 // 질감이 사물인 시간은 너무 빠르거나 너무 느리다"(「관흉국 사람들」)는 문장처럼 유의미하면서도 상당히 중의적이다. 따라서 시인이 창조해낸 공간의 좌표들이 모두 죽음과 삶이 '지속'으로 서로 맞닿는, 반-공간으로서의 '헤테로토피아'로 향한다는 그 이유 하나만으로도 "꽁꽁 저를 결박한 채 / 파업 중인 오리, 오리들"은 "적막한 공지천의 툰드라를 견디는 // 평사낙안平沙落雁 오리 떼"가 될 수 있다(「오리 파업」).

6

이제 금시아 시인은 '독백'이 생성되는 장소를 특정하고, 자신의 발화(發話)가 현실에 직립하는 그 모든 가능성의 시원을 풀어낸다. 그곳은 그의 '문장-쓰기'가 적극적으로 대칭했던 문장과 반(反)-문장의 경계, 곧 발견과 확장을 가능케 하는 '작시법'의 오묘한 출처로써 우리에게 열리는 것이다.

1

두 마을 경계에 무당집이 있었다. 남자 같은 무당을 장타랑이라 불렀는데, 사립문을 들어서면 마른 대나무가 먼저 바스스 몸을 떨며 아는 척을 했다. 예쁜 신딸은 대나무와의 사이에서 얻은 친딸이라는 소문이 자자했는데, 그래서인지 한 번도 엄마라고 부르는 걸 들어본 적이 없다 했다. 목소리조차 가진 적이 없는 아이일지도 모른다 했다. 신딸이 대나무 밑을 지날 때면 대나무가 자꾸 바스락거렸는데, 그래서인지 그녀에게는 바람이 가득하다고 수군대는 이야기가 무성했다.

이상하게도, 남자아이들은 무당집을 돌아 먼 곳으로 돌아다니다가도 예쁜 신딸이 들락거릴 무렵이면 주술에 홀린 듯 그 대문 앞을 얼쩡거렸는데, 그런 날이면 동네 여자들의 고함이 여기저기에서 터지곤 했다. 장타랑이 죽었다. 신딸이 사라졌다. 신딸이 사라진 날, 사람들은 무당이 죽던 날보다 더 섧게 몸을 떨던 대나무를 보았다고 했다. 장타랑은 엄마라는 소리를 들었을까. 엄마로 죽었을까. 엄마라는 이름을 내려놓았을까. 무당이 죽은 이후로는 어떤 수군거림에도 대문이 열린 적이 없다. 신딸은 올까. 마른 대나무만이 긴 목을 내밀고 담장 밖을 기웃거릴 뿐이다.

2

자식이 있었던 흔적이 마음에 있었다면 엄마가 있었던 흔적은 어디에 있을까. 이름만 남은 엄마의 체온은 바람이 아닐까.

기이하게도,

부절符節을 지참하고 다닐 때도 안절按節은 어디에서 또 다른 부절을 찾는다. 모든 마지막은 직전들과 짝이어서 죽음은 생과 맞붙어 있고 앞 없는 뒤는 없어 짝 없는 마지막이란 죽음이 아니라 고백이다.

묘하게도,

마른 대나무처럼 바스락거리는 기억의 존재는 무섭지 않고 신딸의 운명은 시시해도 좋다.
    —「부절符節」 전문

이 시는 '장타랑'이라 불리던 무당과 그녀의 딸에 대한 이야기다. 서사가 전개되는 장소는 무녀와 신딸이 사는 '무당집'이다. 무당집 근처에는 속이 무척 투명하지만 깊이를 가늠할 수 없는 대나무가 있다. 비록 "사립문을 들어서면 마른 대나무가 먼저 바스스 몸을 떨며 아는 척을 했다"지만 늘 찬바람이 고여 있는 터라 음산하고 어수선한

분위기만 감돈다. 무당집은 박상륭의 '유리'(羑里)와 같은 반(反)-공간이다. 푸코로 치면 '헤테로토피아'에 해당한다. 어쨌든, 무당집을 중심으로 두 마을이 동서로 나뉜다. 마을사람들은 무당집을 꺼려했다. 특히 남자아이들이 대문 앞을 얼쩡거리는 것조차 싫어했다; "그런 날이면 동네 여자들의 고함이 여기저기에서 터지곤 했다."

무당집과 대나무는 두 마을의 경계이자 발을 들여선 안 되는 공간 내의 어두운 외지(外地)다. 날을 받지 않고서는 가로지를 수 없었으므로, 그곳은 두 마을에서 가장 먼 곳으로 인식될 수밖에. 때문에 마을사람들은 오로지 소문으로만 무당집을 읽어낸다. 소문은 잘게 바스러진 유리파편과 같아 말의 내력을 더 깊게 하고 말의 시선을 더 어둡게 만든다. 이를테면, 장타랑과 대나무가 합하여 딸을 하나 얻었는데, 그 아이가 바로 신딸이라는 말들이다. 한 번도 엄마라고 부르는 소리를 듣지 못했다는 증언들이 여기저기서 이어졌다. 벙어리일지 모른다는 말도, "신딸이 대나무 밑을 지날 때면 대나무가 자꾸 바스락거"린다는 말도 있었다.

그러던 어느 날, 장타랑이 죽었다. 신딸도 보이지 않았다. 신딸이 사라진 날, 마을 사람들은 "무당이 죽던 날보다 더 섧게 몸을 떨던 대나무를 보았다"고 수군댔다. 대나무와 장타랑이 합하여 낳은 딸이므로, 인간도 대나무도 아니었으므로 신딸에 대한 수군거림에는 근거와 계열이 없었

다. 장타랑이 숨을 거두기 직전, 신딸이 '엄마'라고 불렀는
지 다만 그것이 궁금할 뿐이었다. 무당이 죽은 후에 대문
이 열린 적이 없었지만, 저기 물기가 마른 대나무들만이 긴
목을 내밀고 담장 밖을 기웃거렸다. 부절(符節) 때문이다.

　여기서 '부절'이란 내가 '나'로서 증명될 수 있는 표식이
다. 장타랑과 신딸의 관계에서 보자면, "자식이 있었던 흔
적"이고, 동시에 "엄마가 있었던 흔적"이다. 물론 구체적
인 조각난 사물로 맞춰지는 것이 아니라, 단지 '체온'이라
는 일종의 촉각-이미지를 통해 제시되고 있으므로 부절로
삼기에는 적합하지 못할지 모른다. 그러나 "모든 마지막은
직전들과 짝이어서 죽음은 생과 맞붙어 있고 앞 없는 뒤는
없어 짝 없는 마지막이란 죽음이 아니라 고백"이란 말이
맞는다면, 장타랑의 무형의 '체온'도 얼마든지 부절로서의
가치가 있을 것이다. 왜냐하면, 부절이란 기억의 현현이자
기억을 파고드는 구체적 질감이기 때문이다.

　공간이, '공간-되기'를 멈추었을 때 '무당집'은 '헤테로
토피아'로 전이되고, 이어서 두 마을의 경계로써 작동했다.
마을사람들의 집단 소요와 거리낌, 그리고 내력의 전승 때
문에 금기의 장소가 되었지만, 그래서 그 안에서의 죽음조
차 신의 징표로 여겨졌지만, 이것과는 상관없이 장타랑과
신딸은 대나무 밭을 매개로 또 죽음과 삶의 또 다른 서사
를 이끌어냈던 것이다. 이것이 "묘하게도, // 마른 대나무처
럼 바스락거리는 기억의 존재는 무섭지 않고 신딸의 운명

은 시시해도 좋다"는 문장이 오래도록 목에 걸리는 이유다.

*

금시아 시인에게 '독백'이 생성되는 장소는 '무당집'과 같은 장소의 바깥이다. 그곳은 삶과 죽음이라는 두 개의 뚜렷한 대칭조차도 비켜 있는 경계로써 마을의 온갖 반(反)-문장들이 소문으로써 흘러드는 저지대이기도 하다. 장타랑이 죽었다는 것도, 또한 신딸이 사라졌다는 것도 말들이 담장을 넘을 수 없기 때문에 밤마다 감각도 없이 자라난 "식물의 손톱과 발톱"(「세포의 몰락」)일지 모른다. 시인이 지향하는 작시(作詩)도 마찬가지. '무당집'이 독백으로 축성된 반-문장의 성소인 것처럼, 그리하여 문장을 '문장이 아닌 것'으로 돌려세워 낯선 공백과 행간을 만드는 것처럼, "눈雪 없는 나라, 이디오피아에 / 펄펄 눈이 온다"(「이디오피아」)와 같은 비현실적 발화(發話)를 통해 시인은 세계를 다시 일으켜 세우는 것이다.

입술을 줍다

1판 1쇄 발행	2020년 8월 30일
지은이	금시아
발행인	윤미소
발행처	(주)달아실출판사
책임편집	박제영
디자인	전형근
마케팅	배상휘
법률자문	김용진
주소	강원도 춘천시 춘천로 17번길 37, 1층
전화	033-241-7661
팩스	033-241-7662
이메일	dalasilmoongo@naver.com
출판등록	2016년 12월 30일 제494호

ⓒ 금시아, 2020
ISBN 979-11-88710-74-4 03810

* 이 도서의 국립중앙도서관 출판예정도서목록(CIP)은 서지정보유통지원시스
  템 홈페이지(http://seoji.nl.go.kr)와 국가자료공동목록시스템(http://www.
  nl.go.kr/kolisnet)에서 이용하실 수 있습니다.(CIP제어번호 : CIP2020032990)
* 잘못된 책은 구입한 곳에서 바꿔드립니다.
* 책값은 뒤표지에 표시되어 있습니다.
* 이 책은 강원도, 강원문화재단 후원으로 발간되었습니다.